KB269552

그리울 때

글 / 사진 양정하

그리울 때

1판 1쇄 발행 2025년 12월 19일
글·사진 양정하
편집 문서아   **마케팅·지원** 이창민
펴낸곳 (주)하움출판사   **펴낸이** 문현광
이메일 haum1000@naver.com   **홈페이지** haum.kr
블로그 blog.naver.com/haum1000   **인스타그램** @haum1007
ISBN 979-11-7374-270-5(03810)

좋은 책을 만들겠습니다.
하움출판사는 독자 여러분의 의견에 항상 귀 기울이고 있습니다.
파본은 구입처에서 교환해 드립니다.

모래 위에 적어본
그리운 이름

흘러가는 구름 위로
떠오르는 이름

향기로운 봄꽃 내음
그 사이에 있던 이름

초록 바람결에
머물던 이름

가을 햇살 아래
따스했던 이름

추웠던 그 겨울
호숫가에서 부르던 이름

멈출 수 없었던
그 시간 속에 이름들이
사랑으로 남아
이제는 그리움의 노래가 된다

지나온 시간 속에
기다리고 있는
그에게 보내는 마음이

내 시집이 되었다

내가 제일 이쁜 줄 알았던 학창 시절
단칸방 작은방에서도 즐거웠던 시절

울 엄마 정말 곱디고운 꽃청춘이실 때
평소에 자주 못 먹던 사이다, 김밥 싸서 소풍 갔을 때

아이들 유아 시절 너무 귀엽고 사랑스러웠을 때
내 집 가져보겠다고 꼬박꼬박 주택 적금 붓던 때

배우자가 나만 바라봐 주었을 때
건강하게 매일 뛰어다녀도 지치지 않을 때

세상 모든 일 다 해낼 수 있다는 자신감이 넘쳤을 때
자녀 원하는 직장에 합격했을 때

좀 더 순수했을 때
머리카락이 많이 있었을 때

보고 싶은 사람 실컷 보며 살았을 때
좋아하는 사람과 즐거운 여행 갔을 때

수많은 사람들의
그리울 때가
내 시에 들어 있다

시 속에서 만나는 수많은 사람들의
두고 온 기억 저편에 있는
그리운 순간들을 함께 떠올려본다

그리울 때가 있다는 건
기억하고픈 추억이 있다는 것이고

기억하고픈 추억은
살아가게 하는 힘을 가지고 있다

주저앉고 싶을 때
다 포기 하고 싶을 때

모두가 떠나서 혼자 남겨질 때도
그리워했던 그 시간이
나를 다시 살아나게 한다

이제는 지나온 시간을 후회가 아닌
그리울 때로 두고
마음에 그리기를 바라며

살라고 그리움을 담아둔다
살라고 그리움을 묶어본다

그리울 때...

이십 오년을 부모님과 살았고
삼십년을 남편과 세 아이를 키우며 살았다
사십 삼세에 암으로 장기 하나를 떼내고
오십 세에 또 다른 장기 하나를 떼내면서도 버텼던 육체가
알 수 없는 통증으로 잘 걷지도 못하며 오십 이세에 무너졌다

원인을 모르기에 어떻게 치료를 해야 될 지도 모르는
막막한 순간에 살려고 시를 썼다
죽을 만큼 아팠던 시간들이 내 시를 낳게 했다
통증을 잊으려 떠오르는 생각들을 시에 넣었다
울고 나도 후련하지 않았던 마음이
시를 쓰면서 후련해졌다
잘 걷지 못해 줄어든 외출 대신
시를 쓰면서 세상과 소통했다

육체의 아픈 무게만큼 마음이 눌려서 무너졌다
우울한 마음이 시를 쓰고 나면 조금은 가벼워졌고
완벽하지 않은 부족한 내용의 시였지만
가끔 내 시를 전해주면 공감해주는 이들로
조금은 통증이 덜어지는 느낌이 들었다
내가 생각한 시간들을 시를 통해서
같이 생각한다는 것을 알아가면서 끄적이던 시를 정돈했다

이제 통증의 터널을 빠져나가고 있다
진통제 없이는 잠들 수 없었던 시간들이
통증이 끝나는 때가 오지 않을 것이라고 생각했던 시간들이
눈물 젖은 베개 속으로 스며들어 마르고 있다
이제 통증의 시간들을
살려고 몸부림 쳤던 시간들을
함께 견뎌준 나의 시를 꺼내본다

그리울 때...

그 리 울 때...

그리울 때...

1부

엄마

코스모스

코스모스 옆에
울 엄마 앉게 하고
하나둘 셋 찰칵
사진을 찍어본다

황금 들녘 지나던
가을바람도 멈춰서 보는데

엄마는
코스모스 줄기를 묶으신다

가을바람에
한들한들해야 이쁘긴 한디
가을비에 쓰러지면
불쌍한게
살라고 묶어주자

살라고 묶어주자는
엄마 말씀이
깊은 여운이 되어
말리지도 못하고
그 모습 바라보고 있다

살라고 묶어주자
살라고 묶어주자

고추

칠십 오세 울엄마가
고추 모종을 심으신다

이 나이 먹어도
요것들 심는 일이 제일 좋아야
힘든 줄도 모르고 진짜 재미지당께

어째 안 힘들건냐
그래도 이것들이 쑥쑥 자라
주렁주렁 가지가지 맺힐
고추를 생각하면 힘든지도 모르것써야

고춧가루, 고추장
수입품이 넘쳐나도
내 자식들에게는
우리 땅에서 나는
좋은 것만 먹이고 싶당께

자식 생각하시는
그 마음이
힘겨움을 누르고
콧노래를 부르게 하나보다

찬밥에 물 말아
엄마표 풋고추에
엄마표 된장 찍어
맛있게 먹을 여름날이
성큼성큼 오고 있다

콩타작

도리깨질에
알맹이를 내줄까

작대기에 맞고
알맹이를 내줄까

한여름 뙤약볕도
견뎌냈는데

도리깨질도 끄떡없다
작대기도 끄떡없다 버텨보는데
울 아그들 줘야항께

얼른얼른
털려라 콩콩

얼른얼른
털려라 콩콩

바짝 마른 콩대가
울 엄마 노래에는
맥을 못 춘다

뽀사삭 뽀사삭
뽀사삭 뽀사삭
백기 드는 소리를 낸다

얼른얼른
털려라 콩콩

얼른얼른
털려라 콩콩

노을 진 가을 들녘으로
콩타작하며 부르는
엄마 노래가 퍼져간다

엄마 밥상

두릅, 마늘, 고추, 매실
텃밭에 있던 많은 채소들이
장아찌로 변신해서
밥상에 놓이고

작년 김장 배추김치가
한여름 열무김치와 만난다

배추 시래기 쏭쏭 썰어
묵은 집 된장 풀어 끓이면
구수한 된장국 냄새가
온 동네에 진동한다

아껴두셨던 돼지고기 구워
깻잎, 상추, 열무 쌈과 함께
밥상을 차리시고는
밥 한술 뜨시자마자
누룽지 끓인다고 일어서신다

엄마 함께 드시게요
엄마 함께 드시게요

구수한 누룽지를
밥상 위에 올리시고야

인자 진짜로 밥 먹자

* 2년 뒤 가을

감

작은 감나무 묘목을 심은 후
감나무 묘목 옆이
늙으신 울 엄마의 미술관이 되었다

오메 벌써 꽃이 피었다잉
오메 벌레 요것들이 난리도 아니다야
오메 약을 안쳐야 된디 죽으믄 우짠다냐
오메 이것이 감을 품었어야

감나무 옆에만 가면
오메를 연발하시던 울 엄마
어느 날은 나를 박장대소하게 한다

오메 오메
감히 감이 니가 열어 블었냐

감히 감이 열었다는
재미있는 울 엄마 감탄사가

주렁주렁
주먹보다 더 큰 감이 열리는 그날까지
들릴 것 같다

네 자매

육 남매 맏딸 울 엄마
네 자매 큰언니 울 엄마

스무살 꽃다운 나이에 나를 낳고
서른다섯부터 삼십 년을
풀 바르고 종이 바르는
도배사로 힘든 일 하며 사셨네

울 엄마 칠순 생신 기념
"큰언니, 큰언니 " 부르던 동생들과
추억 여행 떠나던 날

어린 동생들 떼어두고
시집가던 그날
가난한 친정 생각으로
하염없이 눈물짓던 그날 생각에

이제는 살만해서
너 먹고 싶은 것 다 사주고
너 사고 싶은 것 다 사주마 약속하여도

수십 년 긴 세월
한숨짓던 그 시간 기억이
쉽게 사라지지 않아 더 속상해하셨네

이제는 함께 있어주니
고마운 동생들

노을 진 바닷가에 함께 앉아
도란도란 옛이야기로
가슴 무거운 시간 덜어내고

함께 즐겁게 뛰어놀던
옛 추억 떠올리며
행복한 시간 보내시네

수박

오메 어쩌거나
니가 거기 있는 것을
나는 몰랐다야 잉

밭에 뿌린 것이
콩이였을 것인디
콩밭에서
우째 수박이 나왔다냐

콩 심은 데
콩 나고

팥 심은 데
팥 난다고 했는디
우째 수박이 열린다냐

인생도 그럴 때가 있드냐안
심는 데로
거둔다고는 하지만
내가 심지 않았어도
하늘이 도와서
거둘 때가 있었당께

하늘이 키우고
하늘이 자라게 하신께
하늘 뜻대로가
맞는 것이다 잉

매콤소스
칠리소스
땅콩소스

돈가스

미역국 국물만
좋아하시는 줄 알았다
생선도 머리만
좋아하시는 줄 알았다

김치 꽁다리만
갈치 꼬리만
좋아하시는 줄 알았고
된장국에 나물만
건강식이라고 챙겨드렸다

돈가스를 먹으러 가던 날

이거 엄청 맛있더라
나도 먹을 줄 알어야
가끔 생각나는 맛이여
팔순 바라보시는 엄마 표현에
미안한 마음 사뭇 미소로 답하지만

자주 자주
드시고픈 색다른 음식
내 마음이 아닌
울 엄마가 원하는 것으로
찾아드려야겠다고
다짐해본다

콩 밭

쉬이 쉬이 부는 바람에
무더운 여름날
콩밭이 춤을 춘다

뙤약볕에 잡초 뽑던
을엄마도 시름 달래려
노래 부르며 춤을 춘다

휘이 휘이
날아가는 참새야
너도 와서
나와 함께 춤추자

익어가는 콩꼬투리도
들썩들썩 춤을 추는
한여름 바람부는 콩밭

엄마꽃

세 번을 피었다 지는
백일홍처럼
엄마꽃이 피었다 진다

아이들을 키우며
육아맘으로 살았던 시간

간직했던 꿈을 품고 세상 속에 나와
워킹맘으로 살았던 시간

정년을 하고 새로운 도전으로
날마다 가꿔가는 시간

몇 번이고 피고 져도
그 빛깔이 퇴색되지 않는
엄마꽃

영롱하게 그 빛깔을 잃지 않고
지고 피고 지고 핀다

엄마꽃이 아름답게

아버지 가시던 날

손을 뻗어도 닿을 수 없고
둘러보아도 찾을 수 없는
그곳으로 아버지 가시던 날

따스한 눈길 한번
고맙다는 말 한마디
더 하지 못했던 마음을
후회하며 눈물 흘립니다

돌아서면
반가이 내 이름을 부르실 것만 같아
자꾸자꾸 뒤돌아 보고 싶지만

흘리는 눈물 마음 아파하실까 봐
차마 뒤돌아보지 못하고

슬픔도 아픔도 없는 그곳에서
아버지 아버지 부르며
다시 만날 그날 기약하며

사랑했어요
감사했어요
편히 쉬세요
나지막이 전해봅니다

그 리 울 때 ...

2부

아이

미소

미소가 떠오르는
생각의 씨를 찾아본다

어릴 적
일터에서 돌아오시던 엄마 모습

엄마 젖 기다리는
내 아이의 맑은 눈동자

김이 오르는 갓 지은 밥이 놓인
밥상 앞에 가족들 모습

힘내세요라며
건네준 누군가의 따뜻한 마음 선물이

내 미소의 씨앗이 된다

달과 별

달이
별 셋을 품었습니다

하늘에 두지 않고
가슴에 품었습니다

별이 빛날 수 있다면
달빛이 사라져도
슬퍼하지 않습니다

달이
별 셋을 품었습니다

놀이터

여름 한낮
매미 소리에 이끌려
놀이터에 갔다

쏟아지는 폭포수처럼
매미는 울어대고

아이 한 명 없는
적막한 놀이터에
매미 소리만 놀고 있다

세 아이를 키우며
하루해가 짧게 느껴졌던
그 시절로
영화처럼 빨려 들어가

하하 호호
아이들 웃음소리를 붙잡고
놀아본다

아무도 없는
적막한 놀이터에서

가을 아이

가을이랑
놀고 있는 아이를 봅니다

따사로운 가을 햇살은
가을 그림자를
아이에게 선물로 주고

곱게 물든 가을 나무는
꼬까옷 단풍잎을
아이에게 선물로 주네요

데구르르 굴러가는
단풍잎을 잡으러

요리조리 피해 가는
가을 그림자를 잡으러

잡힐 듯 잡히지 않는
고추잠자리를 잡으러

아장아장 걸으며
놀고 있는 아이를 봅니다

지나가는 가을바람이
아이에게 무얼 줄까 생각하며
머물러 줍니다

이글루

눈이 펑펑
온 세상이 하얀 눈 세상이 되던 날

쌓여 있던 눈을 보며
미끄러운 눈길에 걱정이 많이 되던 날

친구들과 공원에서 만든 이글루라고
아들이 사진 한 장을 보여줍니다

보고도 믿기지 않는 사진을
다시 보고 또 봅니다

몇 시간을 친구들과 함께
시행착오를 겪으면서
힘들게 만들었다고 하는데

"추운데 왜 그렇게 놀았니?" 라고
차마 말하지 못하고

고드름 칼싸움하며 놀고
비닐 포대자루로 골목 비탈길에서
하루해가 지도록 눈썰매를 탔던
추억 속 이야기를 들려줍니다

나 어린 시절 겨울이면 울엄마도
"추운데 왜 그렇게 노는거니? " 라는 말씀을
목에 삼키시고 참으셨겠지 라는 생각을 해보며

순수하기만 했던 유년의 추억 한 페이지에
아들이 만든 이글루 사진도 넣어봅니다

계란

어릴 때
노오란 계란 볶음밥에
군침을 삼킬 때가 있었다

셋방살이 집 작은 아이
내 콧속에

주인집 부엌에서 나는
고소한 참기름 섞인
맛있는 계란 볶음밥 냄새

어려운 살림에
계란 한 개 조차도 귀한 시절
나는 엄마에게 계란밥 해달라는 말은 못 하고

주인집 부엌 가까운 곳에 앉아
고소한 계란밥 향기만 맡으며
침만 꼴깍거렸던 기억이 난다

가끔 어린 시절을 떠올리며
유난히 먹고 싶었던
노오란 계란 볶음밥 생각을 하며
오늘도 나는 마트에서
계란을 한꺼번에 세 판씩이나 구입한다

추억 너머
애처로운 시간에 감겨 있는
어린 날의 나를 위해

그리움

그리움에도
가시가 있다

모든 고통이
그 가시 끝으로 매달린다

그리움의 가시를 안고
절망하는 마음

어쩔 수 없이
바다 저 멀리 던져 버려야만 한다

불러도 불러도
대답 없이 미소만 짓고 있을
너무나 그립고 보고 싶은

나의 아름다운 가시를 위해
나의 아름다운 그리움을 위해

통곡의 바다

겨울로 달려가는 시간은
슬픔 속으로
그리움 속으로
달려가는 시간이다

자식을 잃은 슬픔을
죽음처럼 끌어안았던

그녀와 함께
그 바다를 함께 바라보았다

유난히 추웠던
그 겨울 어느날

남녘 바다는 슬픔의 바다
통곡의 바다가 되었다

그 바다 앞
그 바위에 앉아

바위 틈에 자라있는
탱자나무 가시보다
더 아프게 아프게

슬픔의 가시가
마음을 찌르고 찔렀다

소리치며 쏟아내는 원망을
바다로 흘려보내며

그리움의 가시를 끌어안고
하염없이 눈물을 함께 흘리고 흘렸다

하늘로 떠나버린 아들이
마지막 보았을
그 바다 앞
그 바위에 앉아

군화

한발
한발

내딛는 걸음 바라보니
가슴속 저 깊은 곳에서
뭉클거림이 출렁인다

가족을 위해
나라를 위해
너 딛는 발걸음

건강하게
무탈하게
전역의 날
손꼽아 기다리며

눈가에 맺힌
작은 방울
닦아내며

너를 위한
기도손 모아본다

기다림

아들이 학교 가는 뒷모습을
사진에 담은 적이 있다

건강하게 잘 자라주어 고맙고
학교 가기 싫다는 말 우기며 하지 않아서 고맙고
가슴 쓸어내리며 슬퍼할 일 겪게 하지 않아서 고맙고
아들 뒷모습을 보며
너무너무 고마운 마음이 들어었다

벚꽃이 꽃망울을 터뜨릴 때
훈련소로 떠난 아들

군화를 신고
군베낭을 메고
힘겹게 훈련 받을 모습이
사진 속 아들 모습과 겹쳐 보여
주르르 주르르
내 눈가에 눈물이 흐른다

내년 매미들이
무더운 여름 울음을 마칠 때쯤
약속된 전역 시간에
건강하게 평안한 마음으로
집으로 돌아오기를 기도하며
아들 사진으로 마음 달래본다

국수

후루룩후루룩
국수를 먹는다

우러난 육수 빛에
정갈하게 얹어진 고명과 하나 된
가느다란 국수는
지나온 시간 같다

후루룩후루룩
시간을 먹는다

고소한 참기름 향에
잊혔던 추억이 떠올라지는
가느다란 국수는
이어진 인연 같다

후루룩후루룩
추억을 먹는다

살아온 날보다
살아갈 날들이
더 적지만

그래도
후루룩후루룩
희망을 먹는다

검정 고무신

검정 고무신에
나비가 날고

검정 고무신에
예쁜 꽃이 피고

검정 고무신에
잊었던 얼굴이 떠오르고

검정 고무신에
추억 속
아버지와 내가 달린다

전역

아들이
집으로 돌아왔다
긴 여행을 마치고
베낭 하나와
짐을 담은 상자하나
지고 들고
집으로 돌아왔다

아들이 훈련소로 떠났던 날
아들이 돌아오던 날

눈가에 젖은 물은
누르지도 않았는데
계속 흐르는 수도꼭지가 되었다

건강하게 돌아온 아들에게
먹고 싶은 것을
묻고 또 묻지만
아들은
대답 대신
계속 잠만 잔다

아들의 18개월 시간이
살아가는 동안
자양분이 되길
기도하며
잠든 아들을 바라본다

그리울 때...

3부

사랑

시선

함께 앉는다는 건
같은 곳을 바라볼 수 있다는 것

함께 앉는다는 건
같은 시간을 기억할 수 있다는 것

함께 앉는다는 건
같은 사랑을 간직할 수 있다는 것

나무가 아프다

나무가 아프다
나무가 아프다

가만히 그 자리만 수십 년을 지키면
아플 일이 없을 거라 말하지 마라

바라보는 것만도
지키고 있는 것만도
아플 수 있음을

나무에게 말한다
아파도 된다고
정말 아파도 된다고

나도 같이 아파한다고

구절초

꽃이 넘쳐나는 화원에서
너에게 눈길이 머물러
가을 햇살을 함께 담아
안고 왔다

아홉 번의 꺾임이
너의 이름이었을까

아홉 번의 사랑이
너의 이름이었을까

들꽃 흐드러지게 핀
마을 언덕길
꽃처럼 예쁜
하얀 미소 지었던
그녀를 그리면서

사연이 궁금해지는
너로
이 가을을 연다

바람

잊었던 기억
그 자리에
네가 서 있음을 알아도

다가갈 수 없어서
더욱 슬픈 바람

잡을 수는 없지만
마음 두고
쉬어 가기를

꽃대

꽃이 진 그 자리
꽃대를 잘라야 하는데

며칠째
꽃이 진 그 자리
쳐다만 보고 있다

잘라내지 못하는 게
어디 꽃대뿐이랴

끊어낼 인연을
자르지 못해
바라만 본다고

새 꽃이 피랴
새로운 만남이 있으랴

슬픔의 기억

그 자리가 생각난다

눈으로 느껴지는 따사로운 봄 햇살
초록 비단 같던 싱그런 여름 잔디밭
푸르르고 드높았던 아름다운 가을 하늘
소복소복 온 세상이 하얀 이불로 덮였던 그 겨울밤

그 자리에서 바라볼 때는
모든 게 다 슬퍼 보였다

지금도 생각하면
마음속에서 울컥거림이
슬픔되어 목으로 올라온다

참아냈던 시간들이
화석처럼 내 목에 걸려서
슬펐던 그 자리 기억을 붙잡는다

이제는 털어버려야지
수없이 다짐
또 다짐해도

어김없이
봄이 오면
여름이 오면
가을이 오면
겨울이 오면
나는 어느새 그 자리에 앉아 있다

슬펐던 그 자리
그 기억을 붙들고

외면

보고 싶어
보고 싶어
정말 보고 싶어

빼꼼히 담장 밖으로
내밀어진 동백꽃 손짓
눈으로라도
마주 잡아도 좋을 텐데

그냥 지나친다

언제일지 모를
다른 봄을 기약하며

이별 연습

수십 년을 바라본 눈빛의 의미를
아직도 나는 모른다

이별을 위해서였을까
진심을 다했다던
그 마음을
아직도 나는 모른다

이별을 너무 아파할까 봐
죽도록 아파할까 봐
남겨둔 마음이었을까

서운함도
아쉬움도
미움도
원망도
그 눈빛 안에 가둬두고

오늘도 나는
이별 연습을 한다

가로수 연가

다시 오리라
약속 안 해도
다시 만날 날을 기다려요

초록은 단풍이 되고
새싹은 낙엽이 되고
온 가지는
하이얀 눈꽃 안고

언제나 그 자리
묵묵히 기다리는
가로수 사랑

낙엽 속으로

떨어지는 낙엽 속으로
나 들어가네

잡을 수 없는 세월처럼
한 잎 한 잎
흩날리는
그 속으로 들어가네

잊혔던 그리운 얼굴
목이 메도록 부르고픈 마음이
낙엽 속에서 헤매고 있네

보고 싶다
보고 싶다
미치도록 보고 싶다

흩날리는 낙엽 속에서
메아리 치고 있는
그리움을 끌어안으면

슬픈 그리움이
낙엽 속에서
허공 속으로
퍼져만 간다

노을

노을이 빨랫줄에 걸렸다

빠져나가지 못한 체
꼬옥 끌어안겨 있다

그렇게 여름 노을이
몸부림치며
슬픈 빛깔로 울고 있다

그리울 때...

4부

친구

동행

가보지 않은 길을
함께 걷습니다

먹먹했던 마음
무거웠던 가슴
힘겨웠던 발걸음이

함께 하니
조금은 가벼워집니다

돌아서서
처음 그 자리로
다시 가고 싶다는 마음을
누르고
함께 걸으니

꽃도
바람도
햇살도
같이
걸어줍니다

OUTH고객을 위한 맞춤상품 「Y-Like통장, Y적금」
적   요   찾으신 금액   입금하신 금액   잔   액
계좌번호   마음 통장

내게 있는 마음통장
마음통장에 입출금은
오늘도 계속된다

그에게 보내는 내마음
나에게 오는 그마음

마음 통장에 잔액이 쌓일 땐
세상 살아갈 힘을 얻는다
출금만 있을 땐 힘이 빠지기도 하고
입금이 되면 다시 새힘이 난다

먼 훗날 그에게 보내야지 하고
적금으로도 남겨둔다

내 마음
그 마음
통장 안에 차곡차곡 쌓아둔다

青霞

마음 통장

내게 있는 마음 통장

마음 통장 입출금은
오늘도 계속된다

그에게 보내는 내 마음
내게 오는 그 마음

마음 통장 잔액이 쌓이면
세상 살아갈 힘을 얻는다

출금만 있을 땐
힘이 빠지기도 하고
입금이 되면
다시 새힘이 난다

먼 훗날 그에게 보내야지하고
적금으로도 남겨둔다

내 마음
그 마음
통장 안에 차곡차곡 쌓아둔다

친구 1

같은 곳을 바라보고
같은 시간을 누렸다

같은 추억을 꺼낼 수 있고
같은 감정을 말할 수 있다

수십 년 전
함께 바라보았던

그 바닷가
그 추억도

어제의 기억처럼
말할 수 있다

친구니까

친구 2

한여름 매미가
울음으로 노래하는 날

주말농장에서 키운 거라며
수박, 고추, 가지, 옥수수
바구니 가득담긴 사진이 날아왔다

멀리 떨어져 살아도
좋은 것 보면
맛있는 것 먹으면
너 생각난다고

비싸고 좋은 건 아니어도
늘 너 생각나서 보내고 싶다고

사진 속에 친구가 보낸
마음 편지가 있는 것 같다

친구가 땀 흘렸을 시간을
친구가 내게 보낸 정성을
바구니 가득 담아 안아본다

친구 3

친구가 생겼다

고개를 숙이는지
고개가 숙여지는지 모를
노오란 얼굴로 내게 찾아왔다

앉을 자리를 봐주고
놀아 줄 바람을 불러주고
따스한 햇살도 예약해 주었다

아직은
낯선 자리

바람도
햇살도
친구가 편안해지길
기다리는 것 같은데

자꾸만 친구 얼굴을 보게 된다

아 알겠다
고개를 숙이는구나

부끄러워서...

커피

비 오는 바닷가에 앉아
오래된 친구들과
커피를 마신다

향긋한 커피 향기가
일상 속 이야기 속으로 젖어들고
세찬 비는 안개 자욱한 바다 위 작은 섬을
회색빛 수채화로 그려낸다

갈라진 갯벌 사이로
우리들의 소박했던
지난 추억 시간들이
바닷물 따라 흘러간다

살구

하이얀 꽃잎 사이사이
봄을 품고
여름을 맞이하고
알알이 맺혔을
살구가 내 손에 있다

시어머니가 따신 건데요
알이 작아도 맛은 있는 것 같아요
맛있게 드세요

출근길 건네준 동료 마음을
살구를 먹으면서 느껴본다

약을 하지 않으면
맛있는 살구를 먹을 수 없다는데
유기농 과일을 맛보는
호사로움을 누리고 있다

살며시 살구를 벌려보니
대지를 품었던 씨가 보이고
입안에 몇 알을 넣고 먹다 보면
형용할 수 없이 맛있는 살구 과즙이
입안 가득 고인다

사람이 살아가는 게
별게 있을까

나 맛있는 것 나눠먹고
너 좋다는 것 나눠주고

마음을 받은 좋은 기분이
추억 너머 어린 나를 불러오고

기억 속 살구 향을
하루 종일 입안에 남겨본다

상추

한 해를 한 장 달력으로 남겨둔 달
꽃다발 같은 상추를 받았다

건넨 이는
싱싱한 야채를 나누고팠을 텐데
받은 마음은
한 해를 잘 살아오셨네요

칭찬해 주는
꽃다발 같다는 느낌이 들었다

건넨이와 보낸 시간에
더 많이
마음이든 시간이든 주지 못해
미안한 생각을 하면서

힘든 순간
기쁜 순간
수많은 순간을

따스한 눈으로 바라보며
웃으며 말하고
들어줄 시간을
상추 꽃다발 속에
고이 접어
끼어본다

인생 공사중

인생에도
공사 중인 시간이 있다

실패하거나
상처받거나
심하게 아프거나

육체와 마음은
지독한 통증으로
힘겨운 시간을 보내야 한다

공사 중에는
속도를 늦춰야 한다

절대감속으로
최대한 삶의 속도를
늦춰야 한다

속도를 늦춘다고
실패하지도 않고

속도를 늦춰도
종국에는 목적지에
다다르고야 말 것이다

그런데도
여전한 속도로
쫓기며 달리고 있다면

안된다 안돼

지금은 인생 공사중이다

Smile

보약

살며시 건네준
작은 과자 하나

종이컵에 담긴
커피 한잔

말없이
토닥여 주던
어깨 위에 얹은 따스한 손

위로의 보약

오늘도 나는
그 보약을 그리워한다

토닥토닥

친구가 남긴
몇 줄 메시지에
가슴이 콩닥콩닥 뛰었다

무거운 질병을 진단받고
수술을 기다린다는 친구 생각에
마음이 먹먹해지고

일을 하면서도
밥을 먹으면서도
걸어가면서도

무엇을 해도
친구 얼굴이
떨리던 친구 목소리가
내 마음에 머물러
두 손이 맞잡아져 있다

토닥토닥
친구 마음을
하나님께서 만져주시길

회복의 시간으로
속히 인도해주시길
기도 마음을 모아본다

기적

먹먹한 가슴으로 하루를 보낼
아픈 친구를 생각하며

꼭 잡은 두 손 기도가
친구의 눈물을 멈추게 하는 기도 되기를

꼭 잡은 두 손 기도가
친구의 한숨을 멈추게 하는 기도 되기를
나는 오늘도 기도한다

하루 24시간
같은 하늘, 같은 공기. 같은 햇빛 아래 있건만
아픈 내 친구에게는
답답한 마음에 암흑이 되지 않을까
걱정이 앞서기에
순간순간 기도를 멈출 수가 없다

무엇을 먹어도 진심으로 맛있지 않고
무엇을 보아도 진정으로 기쁘지 않을
고통의 진공 속에 있을
친구를 생각하며
나는 오늘도 기도한다

말처럼 쉽지 않은 게 소망을 품는 거라지만
절망하지 않고 이겨내기를
희망의 끈 놓치 않기를

한줄기 빛조차도
눈을 감아버리면 볼 수 없게 되지만
눈을 떠서 그 빛을 바라볼 수 있다면
그것이 기적의 시작이라 생각하며

아픈 친구에게 기적이 안겨지기를
나는 오늘도 기도한다.

그리울 때 ...

5부

풍경

아직

나의 가을은
아직 오지도 않았는데

낙엽 떨어지고
홍시 떨어지고

벌써 가을이 닫히려 한다

아글라오네마

작은 화분 하나에 이름표를 붙인다
줄기색이 신기해서 보고 또 본다

초록색이 아닌
복숭앗빛 붉은색이 줄기를 적시고

붉디붉은 빨간색으로
붉디붉은 불꽃색으로

결국 잎사귀까지
적셔버리고 말았구나

뿌리내릴 땅마저도
활활 타오르게 할 것 같아서
마음까지 조마조마 해진다

출근길

하루를 시작하는 길
이 길을 걸으며
하루를 선물처럼 안는다

수십 년 매일 아침
새로운 만남
새로운 하루의 시간을 기대하며
오늘을 선물처럼 안는다

초록이
단풍으로
떨어지는 낙엽이 되어
하이얀 눈 위에 앉아
어김없이 오는 봄을 기다릴때도

보고픈 이들의
얼굴을 떠올리며

나는 이 길에서
새로운 아침을 맞는다

* 영광 염산 옥실리

노을

찬란한 빛 속에
꼭꼭 숨겨둔

슬픔의 강물이
형언할 수 없는
오색 광채로
온 세상을 덮는다

지는 태양의
슬픈 눈물로

배추 심는 날

배추 모종
한 포기 한 포기
정성 담아 심는 날

무던한 가을바람도
흘러가는 붉은 노을도
잠시 머물러 준다

속이 가득 찬
맛있는 배추를 기다리는
초보 농부의 설레는 마음을

가을바람도
붉은 노을도
알아주나 보다

까치밥

감이 다 떨어진
감나무
그 줄기 한끝에
감 한 개가 달렸다

까치밥이라 아껴두어야 한다는
할머니 말씀이
못내 아쉬웠던지
자꾸만 돌을 던졌던
철없던 어린 시절이 떠오른다

이 땅에 남겨두어야 할 것에 대한
욕심과 미련을
떨쳐내는 연습을
매일 하면서 살다가

어느 날 문득
감나무 끝 매달려있던
어릴 적 까치밥
감 한 개를
추억 속에 그려본다

참외

노오란 꽃이 지고
동그랗게 말린 줄기 머리 풀고
계절이 옮겨가듯
노란색이 영글어간다

노오란 참외를 지켜준
흙에게 묻노라

따사로운 햇볕
환한 보름달빛 스며들어
샛노란 빛이 되었을까

한입 베어 물면
입안 가득 황홀한 단맛이
목젖을 타고 내리고

한여름 땡볕
소나기 차가운 볼 귀싸대기를
견뎌내고 참아낸
그 단맛이
정말 정말 기다려진다

봄

푸르른 하늘
흘러가는 구름
잔잔한 강물을
찻잔에 담아본다

하늘 시간을
구름 추억을
강물 사랑을
찻잔에 담아본다

찻잔 속 드리워진
그리운 이들
얼굴을 보며

추억 시간을 담아
행복한
나의 봄을 마신다

*동백나무

134

시작

죽었다 말하지 마라
죽어도 죽은 것이 아닐 때가 있더라

끝났다 말하지 마라
끝나도 끝나지 않을 때가 있더라

마음에 남아있다면
추억이 남아있다면

죽는 것도
끝난 것도 아니다

새로운 시간을 위해
잠시 멈춘 것이다

FLOWER

봄 향기

넓은 정원이 아니어도
화분 몇 개에도
계절을 담을 수 있다

손끝 닿는 곳마다
봄 향기를
소중히 담았을
심는 이의 마음을
느껴보며

이 봄
내 마음에
봄 향기 담아본다

정원

마음 밭이 복잡하다

방심해서인지
속상풀이 자라고 있고
마음 이곳저곳이 아프고 쑤시다

너 때문이라고 말하고 싶은데
그것조차도 만사 귀찮다

시끄럽고 복잡한 마음 밭에
걸림돌이 한두 개가 아니다
치우려 하니 점점 더 많아지는 것 같고

뭐든 내 마음대로 안되는 게
어디 마음 밭뿐이겠냐 싶은 마음으로

나도 모를 내 마음을
그가 알 리 없다고 생각하니
조금씩 속상풀이 기가 죽는다

속상한 마음은 마음대로
감정 걸림돌로 두지 말고
한발 한발 앞으로 나아가는
디딤돌로 바꿔보자

어떤 마음으로
걷느냐에 따라
걸림돌일까
디딤돌일까
생각하는 하루가 된다

가을

낡은 찻잔에
향긋한 계피차와
가을 햇살을 담아본다

흘러가는 가을 구름도
찻잔 속에 넣어보고 싶은데
쉽사리 넣어지지가 않는다

깊어가는 가을
감미로운 차 향기가 있는
가을 햇살 창가는

세월의 정거장이 된다

그리울 때 ...

6부

자유

종이학

늘 손목 자해를 하던
꿈도 희망도 없다던 그 아이

종이학 접는 법을 알려주어도
몇 번이고 구겨버렸다

하지만 어느 때인가부터는
조금씩 관심 보이며 접기 시작한다
종이학 몇 개를 서툴렀지만 함께 접어보던 날

"선생님 선물이에요" 하고 새하얀 종이학을 내밀었다
알록달록 색종이가 아닌
울 때 닦으라고 준 새하얀 화장지로
접고 접어 만든 한 마리 종이학

"세상에서 할 줄 아는 게 아무것도 없었는데
딱하나 생겼네요 종이학 접는 것"

눈물 자욱 난 얼굴에
환한 미소를 띠어준다

세월이 흘렀어도
가끔 그날의 새하얀 화장지 종이학과
그 아이 미소가 떠오른다

종이학을 접으며
그 아이는 어떤 생각을 했을까

지금 나는 말없이 새하얀 종이학을 접고 있다

마음 통증으로 시달리는 길고 긴 시간을
조금이나마 달래보려고

거울

거울을 본다
보고픈 얼굴이 거울 속에 있다

싱그러운 미소에
젊음이 넘치는 그녀가 있다

거울을 본다
생각나는 얼굴이 거울 속에 있다

깊은 슬픔에 젖어
힘겨워 보이는 그녀가 있다

거울을 본다
잊었던 얼굴이 거울 속에 있다

흰머리
흰 주름
처진 눈가에 촉촉한 눈물이 맺힌
슬픈데 행복하다던 그녀가 있다

아들은 누가 지키나

믿을 수 없는 뉴스 속보로
두근거리고 떨리는 마음으로 보내는
12.3 비상계엄의 어두운 밤이다

스물두 살
스무 살
두 아들의 초조한 눈을 맞추지 못하고

열 살 초등생 눈으로 바라봤던
5.18 광주 민주항쟁시절의 기억들이
묻어두었던 시간 속에서 몸부림친다

광주 학동 팔거리 시민군 탄 트럭 위에
허리춤에 수건을 매고
어깨엔 총을 멨던 외삼촌의 웃는 얼굴을 보고
달려가 작은 소보루 빵을 건넸던 기억이
암울한 권력 시대에는 절대 꺼내고 싶지 않은 기억이었다

내 나이 스물여섯
시내 한복판 금남로 지하상가에
시위대를 향해 쏜 최루탄 피해 도망갈 때
첫아이 출산 막달인데도 함지박같이 부른 배를 안고
살기 위해 뛰었던 기억까지
생생히 다시 떠오르는
비상계엄의 어두운 밤이다

몇 달 전 전역한 큰아들에게는
건강히 전역해서 정말 다행이라고
서너 달 뒤 입대할 둘째 아들에게는
세상이 제대로 돌아갈 때 군대 가면 좋겠다고 했다

다들 군대 늦게 가고 안 가면
나라는 누가 지켜요라고 한다

너무나 순수한 아들의 한마디에
나라는 아들들이 지키고
아들들은 누가 지켜줄까

부질없는 생각을 하게하는
비상계엄의 어두운 밤이다

갱년기

우두커니
혼자 앉아있어도 아무도 모른다

베란다 창문을 통해
거실로 침투한
햇빛조차도 내가 앉아있음을 모른다

적막이 감도는 거실 소파에
나의 초상이 앉아있다

너무나 고요해서
숨소리마저 들킬까 봐
조심하고 있다

불청객처럼
시계 초침의 째각거림이

하늘을 나는
비행기 소리처럼
귓가에
굉음으로 들려온다

이대로 들키지 않고
잠들고 싶은데

마음길

두발이 걷는 데
마음도 함께 걷는다

힘들었던 시간을
기억하니
다리는 무거워진다

행복했던 시간을
떠올리니
다리가 가벼워진다

발과 마음에
연결 통로가 있나 보다

그렇게
오늘도 마음 길을 걸어본다

나의 발

수십 년을 나를 서게 하고
걷게 한 너를 바라본다

이백여섯 개의 뼈를 품고
인체 골격을 지탱하는 근골격계와 관절
수많은 근육과 인대
힘줄의 조력자인 너를 바라본다

너의 수고로움을 잊고 살 때도 많았지만
그곳에 너 있음을
오늘도 살아있음으로 공표한다

산소와 영양분을 실은 혈액을
몸 구석구석 옮기는 혈관이
삶의 길로 표석된다

막힐만할 때도
막힘없이 뚫고 지나게 한 그 능력을
이 시간 감사해 본다

아장아장 걸어서 엄마 품을 가던 시간
하루해가 짧도록 뛰놀던 시간
깊은 밤까지 독서실을 다니던 시간
웨딩 마치에 한발 한발 나아가던 시간
건강한 내 아이들을 만났던 세 번의 신생아실 앞의 시간

애들이랑 마주했던 즐거웠던 식탁 앞에서의 시간
다친 아이를 안고 기도하며 뛰었던 시간
아홉 번의 이사를 하고 산 우리 집 앞에서
남편과 현관문을 열었던 시간
수술 회복실에서 나와 입원실로 가던 시간

지나온 시간
희로애락을 함께 하던 나의 발을
세상에서 가장 아름다운 예술품으로 바라본다

황혼에 너와 함께 잘 살았노라고 감사하면서
사랑하는 이들의 손을 잡고
건강하게 한 걸음 한 걸음
걸을 수 있는 그 시간을
나는 오늘도 소망해 본다

세상에서 가장 아름다운 나의 발을 바라보며

전평제 노을

그 해 겨울은 추웠다

알 수 없는 통증으로
온 세상이
멈춰버린 시계가
되었기에
몸과 마음이
유난히 아픈 겨울이었다

그 아픈 겨울
전평제 호숫가
차디찬 벤치에 앉아

흘러내리는 눈물을
노을에 반짝이는
호수 물로 반사시켜
슬픔으로 끌어안았다

해가 지고 나면
찾아올 어둠이
너무나 두렵고 무서웠다

어둠이 오고 나면
더욱 심해지는 통증에

마사지기로 두드리는 다리는 피멍이 들고
베개는 눈물에 젖고 움켜진 침대커버는
어느새인가 찢겨 너덜거리고
먼동이 터 오를 때까지
그렇게 통증과 사투를 벌이는 시간을 보냈다

21세기에 통증 원인조차 알 수 없다는 게
더욱 나를 슬프게 했다
그것은 고통의 끝이 언제일지 모른다는 것을 의미했기에
매일매일 고통에 시달리는 그 시간이 이 땅의 지옥이였다

내가 경험한 그 통증 지옥 터널을
서서히 지금은 빠져나가고 있다

숨 가쁘게 달리기를 했던 기억
한발 한발 제대로 걸을 수 있었던 행복했던 순간
너무나 무심히 지나쳤던
내 신체의 모든 움직임들을 감사하며
내 기억 속 나의 걸음을 더듬으며 살아가고 있다

아침에 눈뜨고 첫 발을 침대에 내려와 디딜 때
예전처럼 제대로 걸을 수 있게 해달라는
소망의 기도를 여전히 하고 있다

오늘은 모처럼 전평제 노을을 보러가고 싶다
슬펐던 시간을 떨쳐버리고
지금은 따스해졌을 그 벤치에 앉아
지는 노을을 감사함으로 바라보고 싶다

* 지리산 천왕봉이 보이는 오도재에서

해바라기

숙여진 고개가
꺾여지지 않는 건
지켜온 시간 때문이리라

알알이 박혔던 꽃씨는
깊은 가을을 안고
땅으로 떨어지고

새로운 생명되어
피어나리라

또 다시 피어날
그 시간을

고개숙인 해바라기는
기다리고 기다린다

행복

따스한 햇살을 느낄 때
몸에 통증이 없다면
그것이 행복이다

주르륵 내리는 빗방울
그 소리를 들을 수 있다면
그것이 행복이다

봄 향기 담은 냉이된장국을
맛있게 먹을 수 있다면
그것이 행복이다

아기의 해맑은 미소를
받아줄 수 있는 마음이 있다면
그것이 행복이다

와있는 봄과 함께
다가올 여름을 기다린다면
그것이 행복이다

그 여름 물장구치며
함께 놀 수 있는 친구가 있다면
그것이 행복이다

글을 마치며...

마지막 페이지에
가장 아껴둔 단어로 적은 시를 두었다

행복
행복
행복

시집을 내려고 마음먹었던 순간은
누군가 내 시를 읽으면
마음이 행복해진다는
이야기를 들을 때였다

중병으로 투병했던 시간
사업 실패로 다 포기하고 싶었던 시간
배신을 당해서 절망했던 시간
자식을 먼저 떠나보내고 애통하던 시간

내 시 속에 있는 주인공들이
아파하던 그 시간들 속에서
언제나 갈망했던 단어가
행복이였다

내 시 속 주인공들이
이제 그 아팠던 시간들을
이겨내주었기에
이 시가 세상 속에 나올 수 있지 않았을까

부족한 부분이 많은 시지만
멸치 육수에 뚜욱 뚜욱
밀가루 반죽만 떼어 넣어도
맛있었던 엄마가 끓여준 수제비 같은
그런 맛이 나는
진심 담긴 마음의 시로 전해지길 바라며

함께 울고 웃어준
나의 詩 속 주인공들에게
이 시를 드린다

더불어 지나 온 모든 시간 속에
나와 함께 동행해주신 엘샤다이 하나님께 감사드린다

青霞 양정하

그 리 울 때 ...